Ralf Neubohn

Das magische Alpaka und der Drache

Ralf Neubohn

Das magische Alpaka und der Drache

Bibliografische Information der Deutschen Nationalbibliothek
Die Deutsche Nationalbibliothek verzeichnet diese Publikation
in der Deutschen Nationalbibliografie;
detaillierte bibliografische Daten sind im Internet
über www.dnb.de abrufbar.

Herstellung und Verlag: BoD – Books on Demand, Norderstedt

ISBN: 978-3-7543-2467-7

Dieses Buch ist dem Autor Michael Kerawalla gewidmet.

Inhalt

Vorwort

Wie neulich versprochen, werden heute die Abenteuer des Alpakas mit bekannten Sagengestalten und Fabelwesen fortgesetzt. Nachdem letztes Mal sich der Vogel Phönix die Ehre gab, schaut heute ein Drache vorbei. Dabei werden viele wichtige Fragen geklärt: Sind Drachen unsterblich? Was haben sie mit Merlin zu tun? Wie soll man sich verhalten, wenn einem im Wald ein hungriger Drache begegnet? Können Drachen wirklich fliegen? Gehören Alpakas zur Nahrungskette von Drachen? Was geschah Hochdramatisches, als ein Drache den Schlitten des Weihnachtsmannes zog und wodurch machte sich derselbe Drache auch beim Nikolaus sehr unbeliebt?

Viel Spaß beim Lesen dieses abwechslungsreichen Buches,

Ihr Ralf Neubohn

Die Jugend des Alpakas

Der Zauberer Merlin sprach zu König Artus vor der Schlacht: „Ich
werde jetzt den heiligen Gral beschwören, von dem kein lebendiges
Wesen weiß, wo er versteckt ist. Wer daraus trinkt, ist unsterblich."
König Artus verfolgte bangen Blickes die Beschwörung. Wenn sie
gelang, konnte er unbesorgt in den Kampf ziehen. Die Luft begann
zu flimmern, schemenhaft erschienen Umrisse und dann ... tauchte
vor ihnen ein Alpaka auf, welches gerade aus dem heiligen Gral
schlabberte! Verärgert fluchend rief der genervte König: „Bäh!
Aus dem Kelch trinke ich nicht mehr, dieser Kelch soll an mir
vorüberziehen!" Mürrisch zog er gefolgt vom neugierigen Alpaka
in die Schlacht. Bei einem Zweikampf flog ihm sein magisches
Schwert in hohen Bogen in einen See. Alpakalinle welches früher
mit einem Jäger viel zusammen unterwegs war, sprang dem
Schwert nach und brachte es wie ein braver Jagdhund zurück. Da
es den König nicht mehr sah, gab es das magische Schwert Sir
Ralphus. Dieser formte es später zu einer Stahlfeder um, mit der er
noch heute magische Bücher über das unsterbliche Alpaka schreibt.

Gefährliche Begegnung

Alpakalinle stolperte einmal im Wald über ein kleines Dingelchen. Beim wieder aufstehen fragte es: „Wer bist denn Du?"

Schüchtern flüsterte das Dingelchen: „Qualmchen."

Das Alpaka hakte nach: „So ein Tier wie Dich habe ich noch nie gesehen."

Das scheue, kleine Tierchen erklärte: „Ich bin ein großer, gefährlicher Drache."

„Aha", meinte Alpakalinle. „Du meinst wohl, Du wirst mal irgendwann ein großer und gefährlicher Drache."

„Richtig", nuschelte Qualmchen. „Jetzt bin ich nur ein paar Zentimeter groß, aber Drachen werden riesig!"

Neugierig schaute Alpakalinle auf das Halsband des Drachens: „Zwergdrache Qualmchen, Besitzer Zauberer Merlin, Schloss Camelot." Tja, mit dem Wachsen würde es wohl nichts groß werden...

Das Grauen

Alpakalinle sprach zu dem Drachen: „Lass uns nach ein paar Kräutern fürs Abendessen suchen, ich bekomme allmählich Hunger."

Der Drache wisperte ängstlich: „Aber im Wald ist es so dunkel und unheimlich."

Ungeduldig entgegnete das Alpaka: „Wir sind bereits mitten im tiefen Wald!" Entschlossen ging es in die Gebüsche zur Futtersuche.

Vor Furcht bibbernd blieb Qualmchen auf der Lichtung. Plötzlich schrie der Drachen voller Grauen: „Oh, nein! Komm schnell her! Ein grässliches Raubtier mit riesigen Fangzähnen ist hier! Rette mich!"

Alpakalinle trabte schnell herbei. Es sah… einen Hasen, der gemütlich eine Mohrrübe mümmelte und neugierig den Drachen anstarrte. „Drachen sind wirklich nicht mehr, was sie mal waren", dachte das Alpaka mitleidig.

Die Jäger

Durch das Geschrei angelockt erschien überraschend eine Horde Jäger. „Was schreit Ihr so?", fragten sie. „Habt Ihr vielleicht den schrecklichen Drachen gesehen? Er soll groß und furchteinflößend sein!"

Ehrlich erwiderte das Alpaka: „Nein, wir drei haben keinen großen, furchteinflößenden Drachen gesehen. Wie kommt Ihr denn überhaupt auf sowas?"

Einer der Jäger erklärte: „Ein paar Hexen, die im Wald leben, haben uns davon berichtet. Was ist das übrigens für ein merkwürdiges, kleines Tier? Sogar der Hase daneben ist größer!"

Das Alpaka meinte gelassen: „Das ist mein Jagdhund. Wir sind im Wald auf der Jagd und haben eben diesen Hasen gefangen."

Skeptisch schauten die Jäger Qualmchen an, alles hing an einem seidenen Faden. Geistesgegenwärtig bellte der Drache: „Wuff, Wuff!", und die Jäger gingen befriedigt weiter.

Der Hase sprach erstaunt: „Ich wusste gar nicht, dass Drachen bellen können."

Qualmchen seufzte: „Das war mir bisher auch nicht bekannt. Not macht wohl erfinderisch!"

Der Name ist Programm

Alpakalinle erkundigte sich neugierig: „Du kannst doch bestimmt Feuer spucken, oder?"

Qualmchen meinte verwundert: „Klar, doch. Woher hast Du das bloß gewusst?"

Der Hase mischte sich keck ein: „Na, weil Du die ganze Zeit vor Dich hin qualmst. Kein Wunder, heißt Du Qualmchen."

Plötzlich flog eine Eule über ihnen: „Habt Ihr den Zug hier langfahren sehen?"

Alle drei erwiderten verblüfft: „Zug, welchen Zug?"

Die Eule erklärte im wörtlichen Sinne von oben herab: „Ich meine die Dampfeisenbahn. Schon von weiten kann jeder die Rauchfahne der Lok sehen, die sich im Wald vorwärts bewegt." Über diese drei ignoranten bruddelnd flog die Eule suchend weiter.

Der Hase schlug schnippisch vor: „Wie wäre es, wenn wir Dich von nun an ‚der Lokomotivendrache' nennen? Na ja, Du erinnerst mich an ein altes Sprichwort: Viel Rauch um nichts."

Ganz schön kess und vorlaut dieser Hase. Wird er deshalb noch als flambierter Hasenbraten für hungrige Drachen enden? Lesen wir voller Spannung weiter!

Vegane Imbissbude

Unsere drei Helden erreichten völlig verhungert ein Hexenhaus, welches vegane Hexenburger servierte. Hungrig wollten die drei hineinstürzen, als sie an der Tür das Bild eines Drachens sahen, mit dem Hinweis darunter: „Wir müssen draußen bleiben! Rauchfreie Zone!"

Der Drache rief empört: „Die zeige ich beim Tierschutzverein an!"

Der Hase nuschelte mitfühlend: „Hexen sind auch nicht mehr das, was sie mal waren!"

Abendessen

Wieder zurück im Walddickicht trafen sie einen Bären, der vergeblich versuchte, sein Lagerfeuer anzuzünden. Qualmchen spuckte Feuer auf die Holzscheite des Bären. Dieser Betrachtete froh sein nun loderndes Lagerfeuer und lud sie ein: „Ganz schön praktisch so ein eingebautes Feuerzeug! Wollt Ihr mit mir essen?"

Hungrig stürzten die drei zu den Bratpfannen. Aber nur Hase und Alpaka wärmten sich essen auf. Qualmchen schaute skeptisch die kleinen Eicheln, die verdächtig aussehenden Pilze und die dreckigen Wurzeln an. Der Drache beschloss, lieber heute einen Fastentag einzulegen.

Der Hase meinte: „So ein schleckiger Hasenfuß! Kein Wunder sterben die Drachen aus!"

Erneuter Versuch

Am nächsten Tag standen unsere drei Helden wieder vor dem veganen Hexenlokal. Die Hexe entdeckte Qualmchen und wollte sie sofort verjagen. Da sah sie aber den Bären hinter ihnen und öffnete huldvoll die Tür: „Guten Tag Herr Bär! Kommen Sie doch mit Ihren Freunden herein!"

Der brummte energisch: „Kann auch Qualmchen rein?"

Die Hexe flüsterte vor Angst bebend: „Natürlich kann Ihr kleiner, grüner Dackel auch mit herein."

Merke: Es spielt keine Rolle, wer Du bist, aber wichtig ist, wer hinter Dir steht!

Mächtig

Der Drache blieb extrem scheu und schreckhaft. Selbst das Hasenfuß-häschen wirkte sehr viel mutiger. Groß konnten nur die Sprüche von Qualmchen gelten, der sich für gefährlich, mächtig und völlig un-abhängig hielt. Den Widerspruch dieser Meinung zu seinem ständigen ängstlichen Verhalten ignorierte er einfach. Dieses Ignorieren un-liebsamer Tatsachen war die einzige wirklich große Leistung. Eines Tages rief er: „Schaut mal! Diese Steine können sich bewegen!"

„Das sind keine Steine, sondern Schnecken", meinte das Alpaka.

„Schnecken fressen ängstliche Drachen", nuschelte der Hase gehässig.

Vor Furcht wollte der Drache fliehen, als eine Stimme rief: „Qualmchen, bei Fuß! Wirst Du wohl ein braver Drache sein und zu Deinem Herrchen Merlin kommen?" Erleichtert eilte der Drache in die schützenden Arme seines Herrchens. Zusammen verschwanden sie im Wald.

„Unabhängig", frotzelte der Hase. „Von wegen! Bin ich froh, dass ich kein Drache bin! Sogar Rehe sind wilder und unabhängiger als dieser Drache!"

Der Heimweg

Als der Zauberer Merlin mit Qualmchen durch Raum und Zeit nach Camelot zurückkehrte, kamen ihm mal wieder tiefe Zweifel. Konnte Qualmchen wirklich ein Zwergdrache sein? Denn selbst für einen Zwergdrachen reichte die Größe eigentlich nicht aus. Hatte ihn seinerzeit die Hexe betrogen und ihm einen grün angemalten Dackel angedreht? Merlin seufzte, die Ritter würden sicherlich wieder über Qualmchen Witze machen. Aber seit er ihnen sagte, dass Drachen wachsen, wenn sie Ritterfleisch fraßen, wagte niemand mehr zu arg zu spötteln.

Armer Merlin! Zum Glück wusste er die Wahrheit nicht! Qualmchen konnte nicht wachsen, denn der Drache trank mal zu Halloween aus dem heiligen Gral die Halloweenbowle. Durch die magische Wirkung des Grals stoppte der Alterungsprozess des Drachens für alle Zeiten. Somit endete aber auch ab diesem Zeitpunkt das Wachstum. Tragisch! Welch ein bemitleidenswertes Tier! Oh, je!

Beim Thema bemitleidenswertes Tier: Wie ging es inzwischen Alpakalinle? Abenteuerlich? Tragisch? Gut?

Schlagloch?

Wie jedes Jahr flog am 6. Dezember der Nikolaus mit seinen von Alpakas gezogenen Schlitten durch die Luft. Doch dieses Mal war alles anders als sonst. Das Gesicht des Nikolaus verfärbte sich grünlich, weil der Schlitten äußerst ungleichmäßig flog. Gewissermaßen hoppelte er in der Luft. Misstrauisch schaute der Nikolaus seine Zugtiere an, ob sich vielleicht der Osterhase dazwischen geschlichen hatte. Doch an diesem lag es nicht. Die üblichen zottligen Alpakas flogen mit ihm durch die Luft. Ach, wie mochte der Nikolaus diese magischen Tiere! Plötzlich wurde sein Gesicht noch grüner, wieder ruckelte der Schlitten wie in einem Schlagloch. Doch in der Luft gab es keine Schlaglöcher! Der Nikolaus befahl eine Notlandung und forschte den Gründen für diese unregelmäßige Flugleistung nach. Alle Alpakas sahen wie immer aus, keines fiel ihm irgendwie auf. Aber an einem von ihnen musste es liegen! Da bemerkte er, dass eines der Alpakas noch mehr schwäbisch nuschelte als die anderen. Er blickte es genauer an und bemerkte… Ralf Neubohn! Dieser Autor hatte sich unter seine Zugtiere geschlichen, um ein neues Buch über den Nikolaus zu schreiben! Dieser Schlingel! Aber wo war eigentlich Alpakalinle, sein Lieblingsalpaka? Durch Fragen erfuhr er die dramatische, sensationelle Wahrheit: Alpakalinle bekam daheim Damenbesuch! Dieser Alpakadamenbesuch lenkte Alpakalinle so ab, dass Ralf Neubohn sich heimlich ins Schlittengespann einschleichen konnte! Die Zeiten wurden wahrlich immer schlechter! Niemanden konnte man mehr vertrauen! Der arme, arme Nikolaus!

Der Turbo

Im nächsten Jahr flog der Nikolaus wieder mit seinen von Alpakas gezogenen Schlitten durch die Luft. Aus Erfahrung klug geworden, prüfte er vorher von allen Alpakas die Reisepässe und Führerscheine. Dieses Mal befand sich niemand Unbefugtes unter ihnen. Zufrieden seufzte der Nikolaus auf. Doch ein Hochgefühl hielt nicht lange, denn das Flugtempo ließ sehr zu wünschen übrig. Langsam zottelte der Schlitten durch den Himmel. „Da hilft nur eines", dachte er. „Ich muss den Turbo starten." An einer langen Angel hielt er nun seinen Zugtieren das Bild einer bezaubernden Alpakadame vor die Nase. Die Wirkung dieses Turbos zeigte sich sofort. So sehr, dass die Alpakas noch nicht mal an einem veganen Imbiss für Alpakas rasten wollten!

Wer kann denn schon einer hübschen Dame widerstehen?

Fasching

Alpakalinle besuchte in Deutschland besonders gern die traditionelle schwäbisch-alemannische Fasnacht. Mit all den Masken und Figuren alter Zeiten. Natürlich hatte es dem Alpaka die Figur des Pferdes besonders angetan. Als mal die menschlichen Darsteller die Rolle des Pferdes noch besser als sonst spielten, sprang Alpakalinle dazu. Die Menschen wunderten sich: Wo kam plötzlich das zweite Pferd her? Warum sah es so anders aus? Der Faschingsfigur mit der Peitsche schien dies egal zu sein, die Peitschenklappse verteilten sich gleichmäßig auf beide „Pferde".

Nach dieser schmerzvollen Erfahrung besuchte Alpakalinle lieber mit dem Nikolaus die Feierlichkeiten in Basel, von deren Ablauf beide nichts wussten. Sie wollten sich überraschen lassen. Als das Alpaka nachts mal musste, ging der arme Nikolaus murrend mit ihm Gassi: „Bei dieser Kälte aus dem warmen Hotel rausgehen! Ich muss verrückt sein! Ich sollte mir lieber einen Hund anschaffen. Die wollen wenigstens nur am frühen Abend Gassi gehen! Was werden die Leute bloß sagen, wenn das Alpaka mitten in der Fußgängerzone Häufchen macht?" Während er noch vor sich hin schimpfte, gingen plötzlich alle Lichter aus. „Nanu", fragte er sich, „Ist das ein Stromausfall? Oder findet ein Fliegerangriff statt?" Ein unglaublicher Lärm ließ ihn zusammenzucken, doch ein Fliegerangriff? Nein, der äußerst sehenswerte Umzug begann. Sowas Interessantes hatten die beiden noch nie gesehen. Sie beschlossen von nun an jedes Jahr zu dem Umzug zu kommen, vor allem weil sie beide die Preise fürs beste „Kostüm" bekamen. Bevor die Leute merkten, dass es sich um keine Kostüme handelte, verzogen sie sich schnell ins Hotel. Dem Nikolaus fiel dort etwas ein: „Du musstest doch mal! Hast Du überhaupt ein Häufchen gemacht?"

„Keine Angst", beruhigte Alpakalinle. „Ein Betrunkener verlor kurzfristig seinen Stiefel, den habe ich benutzt. Der Kerl hat es gut, nun hat er warme Füße."

UFO

Eines Tages flog Alpakalinle ein bisschen spazieren, als sich ein UFO rasend näherte. Was konnte bloß hinter diesem unbekannten Flugobjekt stecken? Außerirdische? Die Rentiere des Weihnachtsmannes? Nein, Form und Größe stimmten nicht. Oh, Graus! War es etwa der chaotische Vogel Phönix? Der Schrecken aller harmlosen Lebewesen? Mit einem großen „Rums!" knallte das UFO auf das arme Alpaka, welches danach schwer nach Luft schnappen musste. So schwer, dass es schier abstürzte! Es kam schwer ins Trudeln!

Als es sich von dem heftigen Unfall im Luftverkehr erholt hatte, rief es: „Typisch! Qualmchen! Das hätte ich mir denken können! Wo hast Du denn Deinen Flugschein gemacht? Noch nie von der Verkehrsregel rechts vor links gehört?"

Kleinlaut wisperte Qualmchen: „Nein, bei uns in England ist es andersherum. Davon abgesehen: Große, gefährliche Drachen haben immer Vorfahrt!"
Alpakalinle schaute sich ratlos um: „Welche großen, gefährlichen Drachen? Hier gibt es doch gar keine!"
„Doch mich", fiepste Qualmchen schüchtern. Oh, je!

Notlandung

Noch vom Unfall her leicht torkelnd machten unsere beiden Freunde eine Notlandung auf einem Flughafen. Sofort fuhren Feuerwehr, Notarzt, Polizei und die Flugsicherung auf sie zu. Letztere sah sie sehr streng an und begehrte zu wissen: „Warum haben Sie keine Positionslichter? Wo sind Ihre Fallschirme? Warum hat Ihr Autopilot nicht übernommen? Zeigen Sie uns mal Ihre Flugpapiere!"

Bedrohlich näherte sich die Flugsicherung! Da Qualmchen unter Platzangst litt, musste er vor Schreck aufstoßen. Dadurch entfuhr ihm versehentlich eine sehr große Stichflamme aus dem Rachen. Schneller als die beiden schauen konnten, flohen die Menschen. Die Gunst der Stunde nutzend machten unsere Helden sich aus dem Staub. Dabei meinte Qualmchen: „Schau wie gut ich fliegen kann. Meinst Du nicht auch, dass ich ein ideales Zugtier für den Weihnachtsmann oder Nikolaus wäre? Vielleicht schaffe ich es ja, mich unauffällig unter die anderen Zugtiere zu mischen."

Vor Schreck mit Qualmchen zusammen den Schlitten voller Geschenke zu ziehen, wäre Alpakalinle schier abgestürzt. Vielleicht sollte es sich doch einen Fallschirm kaufen?

Kleine Panne

Alpakalinle versuchte sich vorzustellen, wie dieser sehr kleine, grüne Drache sich unauffällig unter die großen Alpakas mischen wollte. Es gelang ihm nicht. Daher schlug es vor: „Frage doch den Nikolaus um Erlaubnis. Vielleicht ist er ja einverstanden."

Während unsere beiden Helden weiter durch den Himmel flogen, meinte Qualmchen verlegen: „Der Nikolaus wird es niemals erlauben. Es gab da mal eine kleine, unbedeutende Panne. Eigentlich gar nichts Wichtiges."

Neugierig erkundigte sich Alpakalinle: „Welche kleine, unbedeutende Panne denn? Ich wusste gar nicht, dass Ihr Euch schon kennt."

„Eigentlich kennen wir uns auch gar nicht richtig. Aber er hat mich oft im Rückspiegel gesehen, wenn ich dem Schlitten von ihm heimlich nachgeflogen bin. Tja, als wir mal wieder so am 6.12. über die Wüste flogen, kitzelte die Sonne mich so in der Nase, dass ich kräftig niesen musste. Dabei entfuhr mir eine starke Stichflamme, welche den Schlitten in Brand setzte. Der Nikolaus schaffte es gerade noch in der Wüste eine Notlandung zu machen und die Alpakas vom Schlitten loszubinden, bevor der Schlitten völlig verbrannte. Seitdem ist er ziemlich sauer mit mir. Ich weiß auch nicht warum. So eine kleine Panne kann doch mal passieren. Schließlich muss jeder mal niesen. Was ist schon dabei?"

Ja, wir fragen uns nun alle auch, warum der Nikolaus kleine Drachen nicht mehr so arg mochte. Was konnte bloß der geheimnisvolle Grund dafür sein? Rätselhaft!

Wieder Pech gehabt

Widerwillig gab Alpakalinle den Ratschlag: „Dann bitte doch den Weihnachtsmann ihm helfen zu dürfen."

Qualmchen wandte sich verlegen: „Das geht leider auch nicht. Auch bei ihm passierte mir ein unbedeutendes Missgeschick."

Argwöhnisch geworden dachte Alpakalinle: „Welche Katastrophe das wohl war?"

Der Drache fuhr ahnungslos fort: „Ich durfte bei ihm mal vertretungsweise als hinterstes Zugtier am 24.12. aushelfen. Leider fiel mir etwas Schnee in die Nase, weshalb ich ausnahmsweise niesen musste. Die Stichflamme brutzelte ganz wenig – eigentlich fast gar nicht – das Hinterteil des Rentieres vor mir an. Vor Schreck flog es nun so schnell, dass wir an allen Städten vorbeirasten und Weihnachten deshalb ausfiel. Das ist halt Pech. Aber was kann ich schließlich dafür?"

Dem Alpaka wurde es nun endgültig klar, warum es nur sehr wenige Lebewesen gab, die noch über Drachen reden konnten oder wollten. Vielleicht sollte es sich vorsichtshalber einen Asbestanzug kaufen? Bevor sich die nächste kleine, unbedeutende Panne ergab?

Flugverkehrschaos

Während des Fliegens bekam Alpakalinle durch den Flugwind seine langen Hippi- Haare ins Gesicht geweht und sah dadurch nicht immer komplett alles. So fragte es mal: „Sag mal Qualmchen, was kommt denn da so schnell auf uns zugeflogen? Hexen auf ihren Besen? Ludwig P. Lesi-Les auf einem fliegenden Buch oder ein Kampfflugzeug?"

Qualmchen beruhigte: „Keine Angst, es ist keine Verkehrskontrolle oder Ähnliches. Es ist was ganz Harmloses. Raben."

„Raben?", stutzte das Alpaka. „Aber die fliegen doch nie so im dichten Pulk? Das verstehe ich nicht."

„Ach", meinte der Drache weiterhin beruhigend: „Es sind nur die Raben Odins, die ihn in seinem Streitwagen zu einer Schlacht fliegen."

Alpakalinle seufzte, fliegen machte allmählich wirklich keinen Spaß mehr. Wie schon Ralphus Rheumaticuslinchen sagte: „Heutzutage kann sich niemand mehr raus wagen, liebes Alpaka. Bleib lieber daheim und schreibe zusammen mit mir Bücher unter dem Pseudonym Ralf Neubohn." Recht hatte er! Draußen war es echt zu gefährlich! Was heutzutage so alles rumflog, ein riesiges, gefährliches Gewimmel am Himmel. Nichts wie heim zu Teddys, Kakao und Schreibmaschine! Alpakalinle lockte nun nur noch der gemütliche Ohrsessel und nicht mehr das wilde Leben. Aber wie den Drachen loswerden? Schließlich hatte es doch ein wenig Mitverantwortung für ihn.

Die Rast

Bei einer Rast im Wald nörgelte Qualmchen pausenlos: „Ich habe Hunger! Fütter mich!"

Das Alpaka erwiderte im Ton einer besonders strengen Gouvernante: „Sammle Dir wie ich Kräuter und Wurzeln!"

„Böh!", antwortete Qualmchen. „Sowas essen Drachen nicht! Ich will was Gescheites!"

Alpakalinle antwortete bissig: „Wenn Du was Gescheites willst, gehe allein zum Hexenhaus. Aber ohne den Bären bekommst Du sowieso nichts."

„Und was soll ich jetzt machen?", quengelte der kleine Drache weiter.

„Geh zu Deinem Herrchen Merlin oder pflück Dir wie ich selber was zum Fressen!"

Grollend ging der Drache sich Sachen suchen. Zufrieden kam er mit vielen Dingen zurück!

Das Alpaka sah die Sammlung an und seufzte: „Was Du da hast, sind: ein Giftpilz, eine Schlange und ein gefährlicher Kobold. Guten Appetit! Lass es Dir schmecken!"

Mit einem Schrei schmiss der Drache alles weg und aß mit Genuss zusammen mit dem Alpaka dessen Kräuter und Wurzeln. Glücklich meinte Qualmchen: „So vegane Sachen mögen Drachen schon IMMER am liebsten."

Na ja...

Ruhe

Wohlig streckte Alpakalinle sich und seufzte zufrieden: „Im Wald ist es so ruhig und friedlich, am liebsten würde hier immer bleiben. Fliegen hingegen macht keinen Spaß mehr. Welch ein gefährliches Getümmel am Himmel, stets ist die Gefahr eines Zusammenstoßes. Hier hingegen ist weit und breit niemand außer uns."

„Ach, ja", murmelte Qualmchen. „Was ist dann mit diesen Wölfen, die uns schon eine Weile belauern und den Harpien, die voller Vorfreude schmatzend auf dem Baum neben Dir sitzen?"

Alpakalinle fuhr der Schreck in alle Glieder. Wie sollten sie bloß dieser Gefahr entkommen? Selbst wenn es gelang, rechtzeitig von der Erde abzuheben, waren da noch immer die Harpien, äußerst gefährliche Raubvögel. Plötzlich bebte die Erde, die Bäume flogen weit nach Rechts und Links. In panischer Angst raste ein Riese auf sie zu. Die Wölfe und Harpien flohen vor dem stürmischen Riesen, unseren Freunden hingegen setzte kurz der Verstand aus. Wovor floh so ein mächtiger Riese, welche unbeschreibliche Gefahr näherte sich wohl? Lautes Hufgetrappel erklang. Cowboys? Elefanten? Nein, mit Keulen bewaffnete Trolle jagten auf Elchen den Riesen. Zweifellos stand heute Riese auf ihrer Speisekarte. Unsere beiden Helden machten im wörtlichen Sinn den Abflug. Qualmchen dachte dabei ironisch: „Friedlicher Wald. Pah!"

Der Osterhase

Nach einer weile sahen sie unter sich den Osterhasen auf einem von Angorahäschen gezogenen Wagen fahren. Auf dem Wagen befand sich ein ungeheuer breites Rohr. Unsere Helden flogen näher heran und fragten neugierig: „Was ist denn das für ein dickes Rohr? Zu was soll es denn gebraucht werden?"

Der Osterhase erklärte an einer Mohrrübe nagend: „Das ist eine Ostereierkanone. Sie hat eine so große Streuwirkung, dass ich sie vor jeder Stadt nur einmal abfeuern muss. Die Ostereier fliegen dann über die ganze Stadt verteilt dahin. Am Morgen findet dann jeder mindestens ein Osterei bei sich vor der Tür. So spare ich sehr viel Zeit und vergesse auch niemanden."

„Und schonst Dir Deine Pfötle, Du faules Dingelchen", dachte Alapkalinle. Der Osterhase war auch nicht mehr dass, was er mal war. Offensichtlich war überhaupt nichts mehr wie früher. Osterhasen, der Flugverkehr, Hexen, Drachen…

Das Alpaka seufzte über den Osterhasen traurig. Rationelles Arbeiten griff ja um sich, aber musste eine Ostereierkanone wirklich sein?

Die Seance

In einer Gewitternacht beschworen Ludwig P. Lesi-Les und Berta Babbelbergle in einer Seance Dämonen. Berta flüsterte: „Erscheint hier, Ihr mächtigen Dämonen. Zeigt uns Eure magische Kraft! Wir wollen Eure Macht bewundern und zum Verkauf unserer Bücher nutzen."

Es flimmerte in der Luft, Berta schrie aufgeregt: „Ein Dämon! Ein schrecklicher Dämon erscheint! Oh, wie grausig!"

Der Schemen nahm endgültig die Form von Qualmchen an. Empört nörgelte er: „Dämon? Schrecklich? So beleidigt wurde ich noch nie! Aber wenn ich schon mal da bin, füttert mich!"

Eine glückliche Lösung für Alpakalinle das nun Qualmchen los war, ob es auch Ludwig und Berta auf Dauer glücklich machte, wer weiß? Aber es gibt doch schon sehr zu denken, dass Merlin seinen Drachen nicht suchen ging. Vielleicht hatte er auch schon so seine Erfahrungen mit Drachenhunger oder kleinen, unbedeutenden Pannen gemacht?

Stammtisch

An ihrem Stammtisch in der Weihnachtsscheune unterhielten sich die Alpakas vom Nikolaus und die Rentiere des Weihnachtsmannes. Sie sprachen über ihre Abenteuer, die der Autor Ralf Neubohn in vielen seiner Bücher der staunenden Welt mitteilte.

„Wisst Ihr noch, wie der Weihnachtsmann mal zu früh heimkam und seine Frau beim gemütlichen Mädelsabend störte?", fragte ein Rentier kichernd. „Wobei, das mit den Umleitungen von Ludwig P. Lesi- Les war auch ein echter Hammer!"
Vergnügt lachend meinte ein Alpaka: „Eines der köstlichsten Abenteuer fand damals in der Stierkampfarena statt."
Unter lauter erinnerungsvollem Gelächter erwiderte ein Rentier: „Ja, dieses Alpaka Event ist jede Erinnerung wert. Aber die witzigsten Sachen sind nicht in der Alpakabuchreihe Neubohns veröffentlicht, sondern in seinen Weihnachtsbüchern! Denkt mal an die Sache, was jemand im Sack des Weihnachtsmannes fand! Hi, hi, hi!"
Die Alpakas lächelten dünn und beharrten darauf, dass ihre Abenteuer in Neubohns Alpakareihe viel mehr Leser erheiterten. Der Streit schaukelte sich hoch, bis eine piepsige Stimme rief: „Ihr seid doch alle parteiisch! Nur ich allein urteile neutral! Mit Abstand am besten sind natürlich die Osterhasengeschichten!"
Alle starrten den Osterhasen an. Neutral? Der? Die Diskussion lief nun Gefahr völlig auszuufern, bis allen einfiel, wie einst der Weihnachtsmann eine angenagte Mohrrübe in seinen Bettsocken als Weihnachtsgeschenk fand. Einstimmig riefen alle Tiere: „Stimmt! Deine Osterhasengeschichten sind die Besten!" Unter lautem Gelächter erzählten sie sich den Rest des Abends Osterhasengeschichten. Nur zwischendurch unterbrochen von den Berichten über die hochdramatischen Erlebnisse von Alpakalinle mit dem Vogel Phönix.

Dieser Vogel verbrannte jede Nacht von selber und erstand jeden Morgen aus seiner Asche neu. Am Stammtisch erzählten sie sich von diesem Unsterblichen folgenden Abenteuer...

Troja

Bei einer Besichtigung von Troja erfuhr Alpakalinle, wie es damals wirklich zuging! Schrecklich! Der Perserkönig schenkte den Griechen den Wundervogel Phönix. Da dieser Name schwer auszusprechen war, nannten die Griechen ihn Helena. Doch die neidischen Trojaner raubten den schönen Vogel Helena! Ein Schock für die armen Griechen! Das konnten sie sich nicht bieten lassen. Deshalb belagerten die Griechen Troja lange. Als dies nichts brachte, bauten sie ein hölzernes Alpaka, welches die Trojaner ahnungslos als Geschenk der Götter in die Stadt schoben. Nachts wollten aus dem Holzalpaka die Griechen ausbrechen und die Stadt in Brand setzen. Doch leider nistete der Phönix auf dem Dach des Alpakas. Als er wie jede Nacht Feuer fing, brannte zuerst das Holzalpaka mit den Griechen ab, danach die Trojaner und ihre Stadt. Alpakalinle hörte entsetzt diese Geschichte. „Du meine Güte, nie hätte ich gedacht, wie schrecklich es wirklich war. Alle Tot!"

Der Phönix meinte locker: „Im Sport würde man sowas unentschieden nennen." Alpakalinle fand dies nicht sehr tröstlich.

Auch das noch!

Alpakalinle und Phönix suchten einen guten Platz zum Übernachten. An einer Hecke wollten sie sich windgeschützt niederlassen. Da schrie Alpakalinle: „ Oh, nein! Ein Schakal lauert im Gebüsch auf uns! Was sollen wir bloß tun! Nirgends ein sicheres Versteck in Sicht!"

Der Schakalskopf starrte das Alpaka nun ganz direkt an! Dem armen Tier stellten sich aus Angst alle Haare hoch! Doch der Phönix beruhigte es: „Du brauchst keine Angst haben. Das ist kein Schakal!"

Alpakalinle atmete erleichtert auf. Dann fragte es misstrauisch: „Aber wenn das kein Schakal ist, was ist es dann?"

Der Phönix meinte gelassen: „Ach, nichts Schlimmes. Es ist nur der ägyptische Totengott Anubis." Alpakalinle rief entsetzt: „Auch das noch! Ein Schakal wäre schon schlimm genug gewesen! Aber ein Totengott! Oh, weh!"

Würde das arme Alpaka entkommen? Besaß überhaupt irgendjemand auf der Welt eine Chance gegen einen Totengott? Mitten in der Wüste? Ohne alle Hilfsmittel? Da kann man nur Alpakalinle zustimmen: Oh, weh!

Beruhigend?

Anubis sprach: „Keine Angst kleines Alpaka! Da Du ein Freund des Phönix bist, tue ich Dir nichts. Seine Freunde sind auch meine Freunde."

Der Phönix erklärte: „Wir haben uns vor Jahrhunderten kennengelernt. Durch kleine Missgeschicke von mir bekam der Totengott ein bisschen Arbeit."

Anubis spöttelte: „Kleine Missgeschicke? Du warst für einige große Katastrophen verantwortlich. Z.B. als die Römer Karthago angriffen, stellte sich Hannibal ihnen mit seinen Kampfelefanten in den Weg und hätte sie niedergemacht! Die Weltgeschichte wäre dadurch ganz anders verlaufen! Aber Du fingst vor Begeisterung Feuer und die Elefanten erschreckte der Brand so sehr, dass sie flohen."

Der Phönix winkte beschwichtigend ab: „Ach, ausnahmsweise eine kleine Panne. Aber sonst ist mir nie wieder sowas Dummes passiert."

„Ach, nein?", stichelte Anubis. „Und was war mit Atlantis? Eine blühende Insel, voller Schönheit. Und Du bist brennend in einen erloschen Vulkan abgestürzt, der wegen Dir wieder ausbrach und alles begrub!"

Der Phönix meinte: „Na ja, sowas kann doch mal jedem passieren."

Alpakalinle lief es kalt den Rücken runter. Offensichtlich befand es sich im besten Fall in Gesellschaft eines Unglücksvogels. Im schlimmsten Fall in der Nähe eines Todesvogels. Würde es die Reise überleben? Die Chancen standen schlecht.

Wie diese Schicksalsreise mit dem Phönix verlief, wird im Buch „Premieren-Abend mit Alpaka und Phönix" berichtet. Sie können gespannt darauf sein!

Über den Autor Ralf Neubohn:

Ralf Neubohn hat bereits zahlreiche Bücher geschrieben bzw. herausgegeben und ist einem breiten Publikum durch regelmäßige Lesungen bekannt.

Er hat auch einen Literaturpreis gestiftet. Den „Neuen Literaturpreis Remstal".

Neubohn schreibt Krimis, Lyrik, heitere Romane und Kurzgeschichten.

Bücher von Ralf Neubohn:

Da viele Leser immer wieder nach einer Übersicht meiner lieferbaren Werke fragen, hier nun ein Teil der über den Buchhandel erhältlichen Titel. Alle kann ich hier nicht auflisten, weil es einfach zu viel ist, was es an Büchern von mir als Autor und Herausgeber gibt.

Gedichte

„Hier und Jetzt"

„Frisch gewagt"

Gedichte und Kurzgeschichten

„Die zauberhaften Altbohns"

Bücher mit schwarzen Humor Gedichten

„Die Gartenschau-Morde"

„Tod auf dem Kaktus"

„Neues vom 1. April"

Kurzkrimis

„Mörderisch gut"

Alpaka Reihe

„Die Alpakas vom Nikolaus"

„Der Nikolaus und sein Alpaka auf Tournee"

„Applaus für Alpaka und Osterhase"

„Das Comeback des geheimnisvollen Alpakas"

„Premieren-Abend mit Alpaka und Phönix"

Gartenschau Trilogie

„Flammenfeder live von der Gartenschau"

„Gartenschau Phantasie"

„Herzlich Willkommen Gartenschau"

„Galaabend für die Gartenschau"

„Abschiedsvorstellung für die Gartenschau"

„Die Gartenschau-Morde"

„Tod auf dem Kaktus"

„Neues vom 1. April"

„Gartenschau Magie"

„Die Gartenschau im Rampenlicht"

Heiteres aus dem Autorenleben

„Im Tal der Autoren"

„Alle Autoren an Bord"

„Terry ein Schotte in Schwaben"

„Die zauberhaften Altbohns"

Science Fiction/ Fantasy

„Sam Space"

Jahresfeste

„Weihnachten mit dem literarischen Kleeblatt"

„Auf der Suche nach dem verlorenen Osterei"

„Weihnachten und Silvester mit Flammenfeder"

„Vorhang auf für Nikolaus, Weihnachten und Ferien"

„Bühne frei für Fasching und Halloween"

„Die Alpakas vom Nikolaus"

„Die Bettsocken vom Weihnachtsmann"

„Silvester und Weihnachtsmarkt geben sich die Ehre"

„Der Nikolaus und sein Alpaka auf Tournee"

„Applaus für Alpaka und Osterhase"

„Halloween im Scheinwerferlicht"

„Das Comeback des geheimnisvollen Alpakas"

Weitere Bücher von mir liste ich einem der nächsten Bücher von mir auf, sonst wird es heute ein bisschen zu viel.

Ich möchte noch darauf hinweisen, dass Bücher bei einigen Verlagen nicht unbegrenzte Zeit lieferbar sind. Wenn Bücher bereits lange auf dem Markt sind bzw. wenn es von diesen schon mehrere Auflagen gab, werden dann oft keine Auflagen davon mehr gedruckt.

Diese Bücher sind dann also irgendwann nicht mehr lieferbar. Daher kann ich nur dringend empfehlen, Bücher die Sie interessieren, rechtzeitig über Ihre Buchhandlung zu bestellen.

Bereits schon jetzt gibt es sehr viele Bücher von mir nicht mehr, die ich deshalb hier erst gar nicht aufgelistet habe.

Nachwort

Liebe Leser,

Sie sind nun an das Ende unseres kleinen Büchleins gekommen. Wir hoffen, Sie gut und abwechslungsreich unterhalten zu haben.

Falls Sie beim Lesen auf den Geschmack gekommen sind, so gibt es von uns viele weitere schöne Bücher zum selber Genießen oder als originelles Geschenk für andere. Etwa zu Ostern, Weihnachten und Geburtstagen.

Mit freundlichen Grüßen und hoffentlich bis bald!

Ihr Ralf Neubohn

Lesetipp:

Ralf Neubohn und Michael Kerawalla:
„Das Comeback des geheimnisvollen Alpakas"

Die folgenden Textproben sind von Ralf Neubohn

Missverständnis

Alpakalinle besuchte eines Tages ein riesiges, imposantes Gebäude. Was sich wohl darin befand? Ein Museum? Ein Palast? Neugierig trat es ein. Ein langer Gang folgte dem anderen, bevor der Weg vor einem großen hölzernen Tor endete. Ein Palastgarten? Oder der Ausgang? Das Alpaka stieß das Tor schwungvoll auf und betrat einen sandigen Platz. Von wegen Garten! Eher ein Ort für Tennis! Plötzlich erschallte ein lautes Raunen von den Zuschauerrängen, Fanfaren erklangen. Alles erinnerte ein wenig an ein Tennisturnier. Ein Mann in merkwürdiger Kleidung erschien und winkte mit einem Tuch. Hatte er Schnupfen? Oder war es das Startzeichen für ein Autorennen? Alpakalinle winkte freundlich zurück. Niemand sollte behaupten können, Alpakas hätten kein gutes Benehmen! Der Mann blickte erstaunt drein! Vermutlich erlebte er es selten, dass jemand seinen freundlichen Gruß erwiderte. In diesem Augenblick ritt ein anderer Mann mit einem langen Garderobenhaken heran. Freundlich dankend hängte Alpakalinle seinen Sonnenhut daran und begann mit dem Pferd einen langen Plausch, zu dem sie sich beide in den Sand setzten. Der arme Reiter fiel vom Pferd und starrte wie gebannt auf die sprechenden Tiere.

Alpakalinle fragte das Pferd: „Was machst Du denn hier?"

Dieses erwiderte: „Ich bin das Pferd vom Torero und wir jagen hier immer wilde Stiere. Aber irgendwie kamst heute Du statt dem wilden Stier in die Arena."

„Ach", erwiderte das Alpaka: „Den Stier habe ich vorhin in den langen Gängen getroffen und weil der Arme so schwitzte, habe ich ihm ein riesiges Eis spendiert, welches er jetzt wohl noch lutscht…"

Der Torero schlich sich währenddessen an das Alpaka heran. Wenn er heute schon keinen Stier erlegte, sollte wenigstens ersatzweise Alpakablut fließen! Er holte zu einem wuchtigen Schlag aus, bevor der Schock seines Lebens kam! Hinter ihm stand der Stier und rülpste so laut, dass dem Torero das Trommelfell platzte und er seitdem nie wieder richtig hörte.

Zufrieden mit sich, dem Leben und der Welt verließen die drei Tiere die Arena und besichtigten in Ruhe die schöne Stadt.

In der Stierkampfarena geschah mittlerweile zutiefst Erschütterndes! Der Torero öffnete das Holztor etwas weiter, in der Hoffnung eines weiteren Stieres. Stattdessen trat völlig gelassen ein kleines Kätzchen herein, machte mitten auf dem Sandplatz ein Häufchen und stolzierte nach getaner Arbeit wieder heraus.

Der Torero überlegte sich ernsthaft, ob er wegen der Blamage des heutigen Tages Harakiri begehen sollte oder lieber in den Vorruhestand gehen. Noch so einen Tag hielten seine Nerven nicht mehr aus!

Folgenschwer

Alpakalinle begegnete mal zufällig dem Osterhasen auf einer Wanderung. Dieser saß am Straßenrand mit hängenden Pfötchen. „Was ist los mit Dir?" fragte das Alpaka.

„Ach, ich habe so müde Pfötle vom Laufen. Kann ich nicht wie in einem Western auf Dir durch die Prärie sausen?"

Empört entgegnete das Alpaka: „Ich bin doch kein Gaul von irgendwelchen Cowboys! Davon abgesehen: Du bist ziemlich schmutzig! So verdreckt kannst Du nicht auf meinem wohlgeformten, aerodynamischen Rücken sitzen! Wasche Dich erstmal!"

Verärgert rief der Osterhase: „Waschen? Bin ich etwa ein Waschbär oder ein Seehase? Mein kostbares Fell lasse ich nicht verwässern! Ich mag schon keine verwässerten Getränke, aber ein verwässertes Fell erst recht nicht. Es klebt nass, ist schwer und bei zu vielem Waschen geht die Farbe aus dem Fell!"

„Unsinn", rief Alpakalinle. „Haare bleichen nicht durch waschen! Was für eine blöde Ausrede! Wasser schadet Haaren nicht!"

In diesem Augenblick kam der weißhaarige Ralphus um die Ecke. „Siehst Du?" rief triumphierend der Osterhase. Als danach auch noch der kahle Ralf Neubohn des Weges kam, beschloss das Alpaka tief erschüttert, sich nie wieder die Haare zu waschen. Der Osterhase hatte vollkommen Recht: Haare waschen ist gefährlich!

Haare

Alpakalinle wunderte sich beim Anblick des Nikolauses immer, warum diesem die Haare vom Kopf bis unter die Nase gerutscht waren. Saßen Haare so locker, dass sie einfach verrutschen konnten? Und warum schob sie der Nikolaus nicht wieder nach oben? Weshalb sprach er von „Bart"?

Der Nikolaus belehrte Alpakalinle: „Haare im Gesicht heißen Bart. Das hat nichts mit sonstigen Haaren zu tun."

„Aha", dachte Alpakalinle. „Dann habe ich also sogar Vollbart im Gesicht."

Dieses Wissen machte unser Alpaka sehr stolz, bis eines Tages der Weihnachtsmann sagte: „Du hast keinen Vollbart, Du hast Fell im Gesicht."

Nun stürzte das Alpaka vollends in Verwirrung. „Ich dachte Haare im Gesicht heißen Bart? Warum heißen sie plötzlich Fell? Bedeutet dies, dass der Weihnachtsmann Fell im Gesicht hat und keinen Bart? Ein wahrhaft haariges Rätsel! Sogar richtig widerhaarig!"

Lesetipp:

Ralf Neubohn:
„Die Alpakas vom Nikolaus"

Die Verspätung 2

In diesem Jahr hatte es der Nikolaus besonders schwer. Unterwegs brach eine Schlittenkufe, zwei Alpakas litten unter einer Art Mauser und der Fahrtwind wehte ihm ihre gelösten Haare laufend in sein Gesicht.

Zu allem Elend verfuhren sie sich auch noch in mehreren Neubaugebieten. Dies alles kostete Zeit, viel Zeit.

Der Nikolaus dachte dabei oft daran, wie sich bestimmt seine Nikofrau über die Verspätung ängstigte.

Leider vergaß er, vor seiner Reise das Handy aufzuladen, so konnte kein Beruhigungsanruf von ihm erfolgen. Vermutlich verging die Nikofrau inzwischen schon vor Sorgen! Die Arme!

Verbissen und eilig wurden die letzten Geschenke verteilt und es ging so schnell über die Himmelsautobahn nach Hause, dass mehrere Radarfallen ihn blitzten. Doch das interessierte den Nikolaus nicht. Nur rasch nach Hause kommen!

Daheim eilte er zum Wohnzimmer, um seine Frau zu beruhigen. Doch die Nikofrau saß mit ihren Freundinnen gemütlich bei Kaffee und Kuchen und sagte gerade zu diesen: „Nichts geht über einen gemütlichen Mädelsabend! Ein Glück, dass mein Mann sich heute wieder in der Gegend rumtreibt!"